U0501343

+ 第39届青春诗会诗丛 《诗刊》社／编

郑泽鸿 著

当我再次写到大雨滂沱

长江出版传媒

长江文艺出版社

39 青春诗会
Youth
Poetry

元复诗歌基金支持

郑泽鸿

1988年出生，福建惠安人。福建省作家协会会员，《诗刊》社首期青春诗人研修班学员。曾获福建省第35届年度优秀文学作品榜提名作品奖、第28届华东六省文艺图书奖、首届福建文学好书榜推荐图书奖等。著有诗集《源自苍茫》。

目录

第一辑　雨是海的文身

第二辑　我心略大于宇宙

第三辑　河上飘着蒲公英

第四辑　掬雪于途

第一辑　雨是海的文身

雨 夜

海浪一遍遍磨蚀天空

让轰然降落的磅礴大雨

打湿内心的焦灼

他在白纸上写下一句诗

雨就拍得更加猛烈

他不得不起身

关掉大京沙滩拾捡贝壳的欢欣

关掉下尾岛咸涩的风，关掉

孩子们在岸边天籁般纯净的歌声

这些场景像薄霜覆上思绪

迟迟无法消退

他继续写，大黄鱼游在他的纸上

倾诉灯火辉煌的深夜

它们如何以黄色的身躯

遣返人类的渔网

玻璃上的水珠击得更欢了

他奋力地写，四百多个岛屿构成了

纸上的王国，他删去岛上的乌云

删去岛上的水土不服，试着跳入其中一座

自立为岛主，招揽天下宾客

雨越下越大，狠狠敲打空荡的房间，他不停地写

那个闲适的夜晚，一群在诗路上摸索的青年

如何摘取

福宁文化公园的栀子花香

是的，他已经控制不住自己的笔

溢出了清凉的雨滴

浸透霞浦的永夜

2023 年 7 月 16 日

灵感消亡史

雨又来了

或许我就是那个在半夜

寻找自我的人

点着台灯又摁灭了

生怕搅醒小儿的梦

雨淅淅沥沥

留在树叶上的声音

快要溢出黑夜的边界

是的，太艰难了

在夜里醒着

是不是因为在白天活得还不够

我多想再拼命攥住

每一寸光阴，虽然最终可能会像

流沙一样从手心滑落

哦，雨，你下得再大些吧

不要停，不要吝啬你的抒情

在这凌晨的两点零二分

我的灵感

不能消亡在你的戛然而止

2021 年 9 月 17 日

海的文身

载一千缕白云出海
一往无前
在你心上种一千朵浪花
追逐黎明的风
找寻发黄日记的断章
你听，千只帆船反复摩挲
东海的脸颊
试图借汹涌不息的潮水
把天空的蓝墨水瓶
彻底打翻
为大海留一道永恒的文身

2014 年 3 月 2 日

接 雨

在菜市场买鱼
儿子伸出手接雨
像在接受滂沱的音节
多么欢欣
微笑的脸上溢出童真
我们只关心鱼鳃是否鲜红
过问大海的价格
在烟火中奔波
唯有他独享纯粹的时刻
就像这世界只有他
和上帝玩着好玩的游戏
那一滴滴冰凉的
淅淅沥沥的
欢乐啊

2022 年 2 月 13 日

渔　歌

木麻黄守护堤坝

在清晨的滩涂

那一声声儿时的螺号

温暖着讨海的渔民

他们每走一步

沙滩就柔软一分，海浪就掀起

更晶莹的幕布

覆盖淡蓝色的忧伤

冷风中

孤岛射出一群鸥鸟

它们抖落的灵光，是否被大黄鱼捕获？

闭眼聆听潮声的刹那

我决定弯腰

拾捡几片贝壳

带走一角浩瀚的汪洋

2022 年 12 月 5 日

鱼

四千米高空的云海

恍若北极涌动的冰川

偶然的一抹深蓝

正如冰层碎裂的窟窿

或有北极熊从云层跃起

叼一只刚从雪水中捕获的狗鱼

下坠，不停地下坠

苍茫的云海

引我目极

高空中雪白的山峦和平原

远远的，金黄暗涌的

是空中湖泊吗

可有仙人乘舟游憩？

越过杳杳冰原

火山口湖出现了

到处是深蓝，到处是传说！

水底里有一片片村庄田野房屋

葱郁的高原

有蜿蜒的公路、沉默的河流

有游走的人类汽车轮船

这让我错愕

自己究竟置身于人间还是天堂

仰面只见，苍穹尽头温暖的浅蓝

让我不停失重、失重

坠入天窟冰面下

美丽的海底

成为一条纵横三万英尺的鱼

2019 年 11 月 6 日

福鼎望海

闪电扑腾而过

雨缓缓滴落

打湿了镜片

友人指着桐江说

"以此为界，上游是江，这边就是海"

声音一落

蒙太奇的雷电逼近

激得虫鸣更欢

云朵葬游魂于天空之上

东海欲携人去往远方

我们一群人行走

望穿深无穷极的黑

拍着没有尽头的石栏杆

水波推向天涯路

燃起星散灯火

夜幕暗垂，野鸟哀啼

断续声里的虫子无处躲藏

2019 年 8 月 29 日

留云寺的潮声

一道神性的微光折射

在那个午后

拂去身上尘埃

我们轻快走着，手持财神殿的香火

半山远眺

八九艘渔船满载金晖

劈开生存的浪花

近了，近了

"嘟嘟"的马达声

正讲述"这片海域养海带，那片是紫菜……"

我们没有说话

仿佛已被一朵祥云抬高

我们没有说话

仿佛大海已将全身浸蓝

一片山崖岌岌可危

那里已开满了即将决堤的桃花

2022 年 12 月 5 日

福道遇雨

雨在下，奔跑中摔倒的儿子
刚刚擦干了哭声
将夏天还给蝉唱与蛙鸣
父亲是朴素的
跟在我们身后
他沉默的眼睛里
仿佛洞悉了将来的一切
就这样沿着福道
一直走，一直走
包围我们的
是清凉的微雨
和微斜的黄昏

2020 年 9 月 23 日

火真甜

雨点爬满玻璃窗
密密麻麻的珍珠，唤醒了人间
清晨，你刚醒来，小手揉着睡眼
也遇见了崭新的世界：
小汽车牙刷，是卫生第一课
二丫读唐诗，是求学路上的早餐
道旁长颈鹿，是你每天要问候的大块头
燕雀的啼鸣，是玻璃球
欢欣舞蹈的孔雀，是一只万花筒
眼底的无邪在燃烧——
"爸爸，看，我的西红柿着火了
好甜的火啊！"

2020 年 12 月 7 日

雨中帖

星期三傍晚，月台福州南
雨正亲吻铁轨
窸窣的声响，似芒种的韵脚
为初夏注释清凉
排队等候的雨伞
躲进车厢收起了生平
舷窗外，夜幕垂下珠帘
远行的人们能感知
星星正在天际的另一端
烤着孤独的火

2017 年 6 月 7 日

临窗帖

闽江上一轮巨大的红日
浸染血红的晖芒
西山悲悯
拖沙船驶过黄昏
靠在动车窗前
我奋笔疾书
希望白纸黑字就此定格
尘世温情的模样——
黑是当空皓月的白
白是汹涌磅礴的黑

2018 年 4 月 10 日

望海帖

这是第一次入住拾间海民宿
房间名为"豆蔻"
可我已不是与之相配的少年
凝神定坐，窗外的雨
拍打岸边的船只，也拍打着
栏杆的骨骼
在海面卸下十万吨的字句

是的，我承认，昨夜的酒
混着无法稀释的伤
纯麦的雨滴
发酵迷蒙的清晨
吐出 6 点 42 分的泡沫
我多想就此扔出漂流瓶
告诉未知的朋友
在色彩斑斓的摄影天堂
一个漂泊男子抑制不住的苦痛
已悄然溢出了露天泳池

2022 年 12 月 5 日

凌云帖

飞越东海，船只尾随
蓝色的布匹间
一道白浪形如拉链
阳光潜入深渊
就变成了大海的腹肌

我在一架飞机上
像蓝天的征服者
空中宣誓就职
天狗状狮子状的白云
静默聆听，巡演的狂响——
一定有前世之缘
驾着巨鸟俯瞰云端
一定是有颤动的
当绚烂天堂里皑皑的雪峰
一寸一寸在心中崩塌

2021 年 5 月 10 日

春风帖

水龙头在滴水

大白菜陪锅里的蒜瓣生姜翻滚

噼啪作响地灭毒

一首伟大的诗篇还未完成

它在等待窗外的雨

润湿东南季风的三重奏

唤醒初春的鸟鸣

大街已变得空荡

一群人困在家中

温习什么是至亲之爱

我有一万个喉结

却吐不出笼中鸟的呐喊

只能任思绪揉碎阴云密布的天空

看它的泪滴如何洗净

大地皲裂的伤口

擦出一记乾坤反转的惊雷

2020 年 2 月 16 日

月亮湾

海浪层层涌叠
白色花沫
撕裂了黑夜的枯心
今晚天高云阔
只有东南方悬挂一颗孤星

在月亮湾的海风中
人类比海潮声更孤独
落笔处，惊涛汹涌
儿子拿起沙铲
熄灭了巨浪

2019 年 9 月 21 日

雨　水

雨水洗涤一身尘垢
叩问缺钙的骨骼
喊出五行缺水的运命

雨水是夜不能寐的
清泪一滴，是想你时
心脏搏跳不止的屏息

它摔碎了梦中美好
把我拉到小小的屏幕前
用手机键盘敲击
仓颉造下的象形汉字
呈给你这深夜 11 点 24 分倾泻的
一吨的思念

2022 年 5 月 28 日

九个太阳

早安，古田山庄
零落的雨是此刻温润的鸟鸣
红土地产后失血
以一朵山茶花
抵达教科书上的抒情
一只只云兽在空中游荡
肆意侵吞亮光
我伫立天台
撕下旧历的最后一页啜泣
任凭手心的风暴
点燃后羿射落的九个太阳

2019 年 7 月 3 日

情人坝写意

哦，青岛，你蓝色的大海

尽情澎湃吧

海鸥声声

那是我对你的颂赞

阳光下，波浪翻滚着碎金

白帆点点

书写天地的胸臆

往左行驶挥就一笔白色的撇捺

向右穿梭就是千万字铿锵的汉隶

坚固的护海坝

焊住了心间所有的柔情

我们留下一阵阵欢笑

却难舍琴岛

浩瀚汪洋的情谊

2023 年 3 月 10 日

山腰盐场

它是在一瞬间击中我的
那晶莹剔透的白
拦住去路
手捧一堆雪
轻尝几粒，微咸而清冽

一旁的天空之镜
盛放海水
它们等待烈日的蒸发
收集天地的灵气
去分泌更多的眼泪

哦，晶莹的盐
洁白的雪
在湄洲湾南岸
或许只有风
能抵御无边的寂寞

2021 年 5 月 2 日

雨　人

清水祖师雾中端坐
看小雨纤弱的手指
按下瓦片的琴键，弹一首
不成调的曲子
鸟鸣，庙宇，山岚
收容人心的闪电

雨水吻湿衣襟，用泪滴
为山道洗尘
檐角苍龙紧紧含住了
寺院的钟声

2019 年 2 月 24 日

潮显宫

我们来时
一只只鸟雀从车前飞过
孩儿欢欣雀跃，说这是
迎接我们的精灵
海浪按下一层层琴键
它深情的十指，独奏一段华彩
止住渐暗的天色

岸边金蟾，拜向天妃
擦去船只的满身伤痕
为渔民祈福
下午五点十九分
惠女湾甩出烟花的鼓点
扫除旧年淤积的灰霾
鸟鸣合唱得更欢了，虽宫门已闭
仍有善男信女燃起香火

我分明看见
宫顶上的两只巨龙
朝阴沉的天空
吐出了祥云

急切地撕开天际一角

夕晖的金黄

2023 年 1 月 22 日

海边黄昏

夕晖注视这一刻：
讨海为生的惠安女赤足走在沙滩上
金黄的斗笠遮不住
她洋溢的笑容和闪烁腰间的银腰带
咸腥海风
吹向她的姐妹们——
端坐渔船织网，将天边的云朵和霓霞
织在布满老茧的纤手
浪，静静拍打绵柔的细沙
像是以温情在抚慰
它多想听一口闽南地瓜腔
借不灭的潮汐
吹奏渔汉子归航的船笛
把无尽的天蓝和满仓腥鲜网入
绳织的胸怀

2023 年 2 月 28 日深夜

湄州湾之夜

怒放的浪花
献身礁石
如天妃扑向蛟龙
粉碎了一颗慈悲之心
黑夜无边无际
暗涌的涛声，如洞箫的呜咽
重重袭来

哦，神圣的月亮
你撒下薄霜，舔舐了海岸线
绵延万里的创痛

我呼吸，纯净的气息
在晚风吻别灯火前
浪花寄出我们写在莲池沙滩的信
将誓言投进东海的邮筒

2018 年 4 月 29 日

小岞风车岛遇海

每一次见到大海
我都想写下诗句
记录它带给我的欣喜欢乐
每一朵浪花都是最美的音节
每一抹咸腥都是最磅礴的气韵
每一块礁石都是最锋利的意象
每一次呼吸都有六腑在尖叫
浪潮生，浪涛涌
让我用尽一腔的胸襟辽阔
去装下大海的雄浑气量

2018 年 10 月 27 日

执 着

大风车的背影在海上画圆规

不停地旋转

一如夸父追日的决绝

逼迫礁石

交出白色的浪花

2018 年 10 月 27 日

遥远的回响

小岞美术馆天台
狂风掀卷屋顶
一群白鸥锁紧海堤
近岸船只，暂别鱼群的怀抱

此时，海水铅灰
而天空湛蓝
声声鸟儿的啁啾
将秋意喊得更深了

沿海公路上
一辆摩托飞过
冲向万顷木麻黄
把迅猛的疾驰声抛回
童年的沙滩

2018 年 10 月 27 日

望海潮

——致东坡居士

雨水摔碎骨骼
指缝漏出心经的残香
一句花语安抚了晚祷
几声夜莺的啼鸣划破死寂
莫，莫，莫——

只怕竹杖芒鞋的蹙音
回到南蛮荒地，掘出一腔
慷慨诗情
惊落了悄浮海面的圆月

乌台入狱，半生流离——
凝望爱妻，生死两茫茫
陪伴余生的只有
江上清风与哭泣的短笛
不再有故人倚幽窗，为你梳妆
不再有故人，对着你
无言细数泪千行

2020 年 6 月 22 日

天边帆影现

相思滚烫成暖流

海上你的箭影

划过心上的柔波

掀起风澜

你要往哪里去？

这蓝色的田野

已被你的犁铧开垦

哦，英勇的舵手

是否"八女战荒岛"的传说

融进你的血脉

太阳沸腾了浪花

她们的故事

还在一只只壮硕黝黑的手臂上燃烧

2014 年 3 月 2 日

留在白衬衫的断章

橘黄灯下，二十二中门口
蹲在柏油路
借手机屏幕的微光
敲击瞬间的灵感

多么安静的时辰
心弦落定，如掏空的足球场
只有细雨落在白衬衫背面
动情地
为我写了残诗几行

2022 年 5 月 11 日

雨中舞

云南民族村
佤族奔放的打跳舞蹈
从篝火的焰心跃起
一团奔放的精灵
狂欢人群,音浪中汹涌
雨已熄灭不了火热的节奏——
围成圆,手拉手
就在这一刻
我们各民族心连心
擦掉黎明前的黑

2017 年 8 月 8 日

在金湖一号船尾读雨

在大金湖的开阔处
我们遭遇大雨
波浪在船尾写诗
把柴油味的潦草几行
撕给远天的乌云

此刻雷电轰鸣，沉稳的舵手
握紧罗盘，就像按住命运的和弦
拉响马达的大提琴
他驱赶游轮
劈开湖心密密麻麻的针脚
一帘珠幕，悄然遮住水上丹霞
酒醉般涨红的脸

2023 年 7 月 2 日

雷光霹雳之后

让我使出内心十万吨的暴雪
让我动用一千座沉睡的火山
让我喊崩潜藏体内亿万年的冰川
去戮破手中白纸
啊，无效的写作，苍白的技法
在无人深夜掀开头脑黑洞中的
一点点失速狂飙
倾倒灵感的酒杯，试图挣脱
四面冰冷围墙
扑向悬崖下星光四溢的深海

为何又是你啊，缪斯
握住飞快指尖
逼迫我面对这苍茫的雪域高原
去挤出灵魂一滴血
哦，当年屋顶远眺的少年
何曾想到，后来某一天
会被掀开红布的雄浑四射的落日
按下沉思的头颅

2023 年 8 月 7 日

伤心 2100

时间来到公元 2100 年
而郑泽鸿，你已不在人世
往事如一张薄纸
你是谁
从哪来，回哪里去
驾云飞远？
青山拉着苏塘溪的大提琴
声声幽咽
落日拾捡头骨的风尘

是的，你生命的最后乐章
就像东海上的一叶扁舟
载一支蜡烛，颠簸雨夜
狂风阵阵吹来
雷电劈断残喘的火焰
滴滴烛泪
琥珀般凝结大海的深蓝——

抛却双桨吧
到枯萎时
只能任汹涌的巨浪

肆意撞击，吞噬脱漆的脏器

如果触上暗礁

那就粉身碎骨地炸裂在

22 世纪前的天空

2023 年 9 月 15 日

宜昌美季泊悦酒店的房间海

—— 兼致李越、加主布哈兄弟

那是临别前的夜晚

我们酒后微醺，推开 505 房门

语词落下薄霜

随烟雾洒在房间

我们谈到了穆旦谈到族群

更远的谈及里尔克、阿赫玛托娃、沃尔科特

好似一阵阵巨浪乘风而来

散坐的椅子床头成礁石

那精妙语言的水花，从楚国的缝隙渗出

淋湿了身体，厚重而轻盈

"我们该如何前进?"

烟圈一层层弥漫

交替我们的口无遮拦

"应该让鱼群把大海钓起来" ——

惺忪的眼泛出星光

此时，谁抬头望了窗外

零度以下的宜昌

"哪里才看得到灯塔呢"

我们都起了身

仿佛驶着一只小舢板

在寒冷的海面上合力划桨
身后升起了子夜皎洁的月光
利刃般刺破胸腔

2023 年 12 月 29 日

第二辑　我心略大于宇宙

我心略大于宇宙①

坐在黄昏的窗口

我能感知，车过乌山桥

引起整座大楼的颤动

光影和微尘皆被晃醒

呵，这静如湖泊的世界

为我们倒映了什么？

有时是信马由缰

在通往天堂的路上

打碎尘封的苦艾酒瓶

倾倒璀璨灵思

抑或执骨为刀，去星空中

镌刻夜的碑文

大风如咒，远山含悲

三千草木高举夕阳

这金黄色的颂词

撼动了整个宇宙

2019 年 9 月 4 日

———————

① 化用自费尔南多·佩索阿的诗句。

夜　钓

黎阳水街的夜刚开始

在诗的第二行出现垂钓的老者

上钩的是歌手弹唱的《当爱已成往事》

多么美好的晚上啊

如果每天能轻快地在这里散步

该遗忘多少生命的苦楚

一如水街里自由自在的金鱼

有多少的暗伤

就饮下多少酒精

当我在僻静处垂钓云朵

上钩的却是一颗不灭的孤星

2019 年 7 月 22 日

当你被这样的清晨戳疼

并不是这样的清晨不存在

只是你已很少早起

遇见这样的鸟鸣

冲刷了南方潮湿的情愫

那旁若无人的骄傲的鸟鸣

充斥凌晨 4 点多的凤凰池

再过一会儿

太阳即将笼罩四野

人群的嘈杂声渐次上场

这是鸟儿们占山为王的时辰

这是汪洋恣肆的生命之歌

那尖利呼啸的热力

如一万只蜂针

猛地扎进麻木的心

2021 年 6 月 10 日

不为谁而作的歌

又是这样的夜晚
他忙完所有家务，安顿幼子睡下
揉搓长满冻疮的粗糙双手
独自在书房踱步

四下暗淡，天际无光
平安夜后的沉寂让空气更加绝望
只有路灯安抚空荡的大街
和三两行人瞳孔的迷惘

他急于在书本中找寻什么？
翻开序言的声音如此静谧
越过断崖般险峻的篇章
一刹那触摸两年前批注的心跳

翻腾如壶口瀑布的激流
不停地冲刷堤岸
消蚀他的身影
不为追逐什么，不为告别什么

呵，沉默的天宇，荒芜的四野

支起夜的幕布

他站在落地窗前

那样用力地想采集遗失的火种

照彻荆棘鸟的林间哀歌

熨平人间的褶皱

一千条沉睡的道路

等待先人星空下的训示

一万条未命名的江河

像逆流的泪滴

消融在他狂风骤雨的笔端

2022 年 12 月 29 日

无名路上的哀乐

在一处不知名的村庄听到哀乐
道旁的树荫覆盖悲伤
鸟儿用声浪收割田野
树枝上颤动五月的断章
没有什么是永恒的
眼前的一切
如梦中即景——
无名的风收编了泪腺
眼泪割据大地的褶皱
一阵鸟鸣潜伏低处
那从容赴死的歌唱
比天更辽阔，也比针更尖利

2020 年 5 月 3 日

绿 萝

绿萝用长长的枝条
支撑黑夜疲惫的喘息
那一片片绿叶
充溢水的灵动，喷薄朝气

顺势而上，只见它们
冲向铁栏杆高处
火苗般蹿起
越烧越旺
好一袭销魂的绿焰！

每当遭遇寒潮的挫败
我都独步阳台
仰望冷风中遒劲的绿藤
从一株几年前的嫩苗
伸展成不屈的汪洋恣肆的叫嚷
这无限放大的声浪
喊醒我，我的口袋里
装满了从悬崖上抖落的繁星

2022 年 10 月 14 日

玉皇阁的午后

燕子恋上了玉皇阁

甘当香火的信使

广场上久久回荡着

老伯抽陀螺的声响

那么孔武有力，那么

尖刻嘹亮，像是在鞭挞

沉郁心中的苦闷

把下午八点零二分的银川

甩得噼啪作响。看远天

暗红的积云口衔微蓝

企图包抄狂舞的燕阵

那自由的精灵

解释了什么是宇宙的无限

什么是镶嵌苍穹的永恒

就像此刻，牵着儿子五岁的手

我多想摇醒玉皇阁檐角的铁铃

与陀螺声一比高下

2020 年 7 月 20 日

沙坡头

落日之前，我终于抵达了
王维的沙坡头

看着伟大黄河

寄来了辽阔也寄走行旅

人间的私语，多如香山的沙砾

而命运则在细长的

索道上传递

太阳也藏起来了

将美好的阴天，赠予幼子

他那么小，内心的火鸟

却已腾跃

呼唤苍茫的黄土高坡，呼唤

游艇划破的细浪

甚至骄傲地，誓要吃掉天边

阴郁的云朵

2020 年 7 月 24 日

黄河吟

芦苇依偎黄河旁

将孤独吟哦成

羊皮筏船工传唱的民歌

"哎不要割呀不要割呀

你叫它绿绿地长着……"

——黄昏悄然来临

沙漠里游人无影踪

只有一声火车的嘶鸣

撩动河水的春心

哦，天地苍茫但生命不息

千峰万仞间，随时都会响起

石头的合唱

2020 年 7 月 24 日

梦的天空之城

啊，雪又在滴落

铺满干涸的心河

又一次我梦见通往天国的星

无止境的旋转阶梯

缭绕的乌云

像一只只狰狞的野兽

刨着无底的深渊

我一步步往上爬

为那偶然投射的一缕微光

耗尽了心力

血在脚下流

瞬间结成暗红的痂

肉体已失去温度

痛楚侵吞身体的黄昏

只有一股气息尚存

啊，仁慈的主

感谢您赐予的无上荣光

让我无数次在梦中

无畏地朝着刺骨的高处

不停攀缘

醒来手心一片潮湿

那一定是我抓住了梦中的云雾

2019 年 8 月 2 日

月光诗人

——致摩诘

一千个月亮自刎在水中
那是一千种孤独在凝望
偶然的青鸟的一声啼鸣
射落了第一千零一个月亮

山河破碎
失语，落单，空茫
北国的雪泣下泪滴
纯粹洁白的词悄然生长
或许遗漏在昨夜醉倒的马背上
青草复更生，远方的故人不再惆怅
他埋首自己的辋川别业
活得禅花般纷纷扬扬

2018 年 11 月 17 日

那根烟

又是黄昏时分
我再次见他眼神迷离
站在街头叼一根烟
同样的时辰和方位——
歪脖子望向远方
中年的他经营一家沙县小吃
挤在幽暗街角

他抽这一根烟
暂时抛下沉重的肉身，挣脱
岁月的煎熬
他抽这一根烟
仿佛燃炸心中的引信
把苦难咬进双唇

烟头的火星忽明忽灭
在他手上即将撞上地球
他就这样抽着
眼神迷离，一边打量
风中的落叶
哦，这位 45 度角仰望的男子

看似与世界格格不入

却又怡然自得地

跳入自己酿制的

烟圈

2023 年 3 月 29 日

生活演奏家

夜幕落下
一位老艺人手握芦笙
反复吹奏几支熟稔的曲子——
稠长的白胡须轻扬
黝黑皮肤，比吐露出来的音色
更显得有底气
柔肠百转的闽南人的心结
在时光中有幽幽的音量

闻到伤心处
只见小女孩投钱碗中
他深深一躬
那独奏的身影
成为新开张的超市门前
一尊逆光中的雕像

2019 年 6 月 23 日

凤凰独舞

凤凰剧院门口
我看见一位老者
沐浴晨光兀自舞蹈
大巴和汽车是观众
它们静靠身旁，不能给予掌声

她的热情充溢初秋的气息
身上的律动熔铸生的力量
让人相信
一个人的广场舞
也可以使浮躁的人间
让出一片天地

2018 年 9 月 29 日

这些年来

长江还是原来的长江

拖走身体里的细沙

一簇雪峰，磨亮月牙

扶住清风的叹息

"这是一粒疮口上的盐"

神在彼岸说

他拔出细长的皮鞭

把雪地抽得噼啪作响

一群小兽拖着背影

奔向孤独的花蕊，和寥落的星辰

2020 年 4 月 8 日

清白之年

山谷只有我的足音

山巅只有我的歌唱

狂野的呼号

穿过了浑浊的黄河，掠过阴山

大风激荡，羊群四散，尘土飞扬

荒芜的绝路上

太阳撕破云层

以巨大的光柱扶我

撞入梦幻般的白桦林

"吾善养吾浩然之气" ——

荡气回肠的金黄

彻底把我埋葬

2016 年 3 月 2 日

牧神的黄昏

黄昏来临
暮光笼罩了远天
一个落难的人在车窗眺望
静寂的铁塔撒出电网
捕漏三只候鸟，逡巡在屋顶
播来北方的讯息

乌云如走兽
吃掉一大口颓唐
是它，又是它——
天末孤悬的上弦月
含住山峦反衬的柔光

渐渐暗下来的人间
唯见苍茫的血色
缥缈氤氲的云雾
把残梦拖进初冬的眼眸里

2019 年 11 月 29 日

永别了，安德烈

安德烈公爵死了

在《战争与和平》第四卷第一部末尾的时候

一颗莫名的东西滴落下来

那个意气风发的青年

倒在了鲍罗金诺战场

满怀对天空星辰的眷恋

弥留之际

用瘦骨嶙峋的手

握住失而复得的爱人娜塔莎

竟然无言

无言追想先父遗志

无言面对千里而来的妹妹

无言凝望年仅七岁的幼子

无言看透生死悲欢

这一刻

托尔斯泰把我饱含期望的心

写死了

2017 年 12 月 6 日

罗马假日

最是那回头动人的一瞬

含情的注视

眼底有滚滚波涛

悬在琥珀明镜

无法在众人的掌声中

摁灭一团星火——

公主殿下与穷记者

逃离一群人的围追堵截

拯救潮湿的夜晚

两颗炽热的真心，控制不住

剧烈倾斜的天平

"殿下，您最喜爱哪座城市?"

"罗马。"她微微一颤，艰难地吐出

一生中最难忘的 24 小时

2020 年 3 月 1 日

声声慢

你有多久没伫立窗口

看黄叶飘落

像闯祸的孩子，逃向山野的怀抱

你有多久没凝视

当晚空飞来鹰云

是否那倩影，融进了蔚蓝心胸

一个初冬的寒夜

贝多芬为失明少女

弹就《月光奏鸣曲》

烛泪压低了夜晚

哦，当琴声消逝

年华也飞驰

卑微的嫩芽仍在岩缝挣扎

蚂蚁列队顶住了

逆袭的寒流

我们用什么抵抗

时钟无情的转动？

是该慢下来了

是该慢慢慢慢慢——

慢条斯理的慢，文火慢炖的慢，漫步云端的慢！

像落叶一样飘扬，飘扬

在空中

挽住闪电的舞步

2021 年 1 月 18 日

鹰之歌

破开温暖的巢穴
你听，雄浑啼响
正搏击漫天白雪——逆流而上的
血液
将飞腾的趾爪
印刻在黎明初升的太阳

2016 年 1 月 23 日

白 鸽

一缕柔光普照人间
此刻的圣·索菲亚教堂
脚手架扶住云层
抬高了一百多年前的钟声
纷飞的鸽群
竭力为爱的十四行诗押韵
它们箭一般地
停驻广场
欢享孩子手中的玉米粒
就像满天的雪片
顷刻洒在
日落前的黄金草原

2018 年 7 月 23 日

蔡德卫宅巨榕

盘根错节的有沸腾的血液
炽热的想象——
站在巨龙伸展的虬根之上
呼啸而来的内心风暴
将五间张大厝的坍塌后界彻底掀翻
"生当为人杰，死亦为鬼雄"
你匍匐着生，屹立着生，汪洋恣肆地生
突破石条的重重阻隔
用庞大的龙爪将大地捏在掌心
舔舐梧林古村深远的孤独

2018 年 8 月 24 日

吞　夏

在炎夏

巧乐兹雪糕就是我的解药

抚慰的何止是心情

还有近旁的玉兰花香

一根一根吞噬

把夏天，吃成一个没有脾气的瘦子

2016 年 5 月 23 日

观　画

他是在那一瞬间进入场域的
六只栩栩如生的鸟
在他的笔下迎着满园春色
扑簌而去
将近八十岁的高龄
颤巍巍的手
在触碰宣纸的清晨
再次如猛虎下山

哦，尽情鸣叫吧，众鸟们
他已使出几十年的蕴力
皴染了梦中赖以栖息的紫藤
如果站在身旁
你不得不卷入那银河般的漩涡
无所不在的气场！
是的，他就是职掌画纸生命的王
当我用潮湿目光
将深深的敬意
停留在右下角那溅出残阳如血的
六重章

2022 年 8 月 23 日

绽　放

鸟鸣洗涤了双耳
在闽侯孔元村
苦楝树结满情思——
楝子虽亡
也要绚刻于蓝天之上

溪鱼跃过水面
瞥望无际的原野：
月季玫瑰翠芦莉石楠随风攒动
几只白蝴蝶飞过
将正午的芬芳还给花海
游人散去
光秃的枝干上
只剩一朵桃花
向着初冬的阵阵寒意
用力绽放

2018 年 12 月 11 日

宣　言

当年被碾死的小鸟
现在都拼命展开喉结
在卡车轮胎里喊出
卷作标本前的最后一声哀鸣
它们原本在天空腾飞
如今在高速公路飞腾

2019 年 6 月 23 日

暗 香

那遗忘角落的

满脸皱纹的红苹果

我没有丢弃

而是捧在掌心

闲暇时，使劲地闻

每嗅一次，都是

忘却浮生的一瞬

凝神静坐，骨子里的芳香

慢慢溢出干瘪的身躯——

哦，造物者，你是否感知

它衰老体内潜藏的一万朵蘑菇云

行将核爆

2021 年 10 月 8 日

最　好

椅上一片梧桐叶
隔岸观看开水冲沸绿茶的疼
几块锅贴、一杯燕麦豆浆
足以安慰
南京洪武路上失魂落魄的人
此时，最好再配
鸭血粉丝店飘出的流行歌曲轮番轰炸
最好让双脚踩碎梧桐叶
歇斯底里地走，最好让眼角哀戚的光
击落梧桐叶
在深秋缓慢坠入秦淮河
当你撑起这片手掌形的扁舟
你就不再是那浪迹天涯而
失魂落魄的人

2023 年 10 月 6 日

过三峡人家听笛

在龙进溪与长江的交汇处

他独立竹筏，手持横笛

吹奏一支悠扬的曲子

天地似乎融化了，鸟儿静栖在茂林深处

聆听他的演奏

几片竹叶飘落水面，揉搓

天上的白云

像是笛子吹出的羽毛

镶嵌在碧溪，升腾庞大的音系

万物也因他静止

那一丝丝扣压而来的旋律

扼住了尘世喧嚣

仿佛你轻微挪动一下

就能听见心弦崩裂的声音

2023 年 12 月 28 日

第三辑　河上飘着蒲公英

苏塘村本纪

1

我从小村的泥泞走来
沾满了一身土灰
雨的啼哭充满了湖泊的慰安
那是因七岁的手触摸湖底
和一群鱼的追逐

2

石雕抛却远方
留下挣扎的身体
残缺的轮廓
唯有撞见河里的金斑鱼
在拂晓前沸腾水面
才会激动地流下两行清泪

3

触不可及，祖母的叮咛

我绕着旧厝的础柱
听她搓草绳的呼哧声
夜夜呼应着远处的大海

4

这一生应有这样的夜晚
听门前的流水声
彻夜洗去痛楚和不安
这流水来自乌石
一个拯救饥饿的地名

5

我不应抛弃这里
一辈子的母血和脐带——
我梦中的原乡！
无论身在何处漂泊何方
都是"苏塘"两个字唤起了
重生的力量

6

命有孤舟
不被驯服的艄公

注定背井离乡

远离扑着萤火的土地

我仿佛正跳进河里捉鱼

却突然伸出壮硕的手臂

7

回不去了，祖父颤抖的抱拥

祖母喊"别硬撑了，快掉地上了"

一声啼哭刚问世

隔年痛失挚亲的祖父

他的声带似乎蜷缩于祖母的絮叨

8

飞身羊棚顶

极目野望

这是年少的我

解剖光阴的方程式：

那时一直以为

山的另一边

乘以云端

就等于远方

9

和两个外甥在门口踢球

童年的三棵龙眼全砍了

献给水泥路

我们的笑声那么大

把星空都要震落

我的哭声那么大

当我不久后，痛失了其中一颗

还在读小学的星星

10

你还记得吗

锋利的寒冷割过了贫穷

两个小伙伴，蹬着冻伤的自行车

要赶去镇上

用两毛钱换一根油条

11

你还记得吗

灶口掩埋黑灰的番薯

以痛彻心扉的香

对你道一声农忙后的
晚安

12

我还记得
那口清幽的深潭
有我和祖母瘦削的身躯
一起将秋日的水影
舀在犀斗中
减去玉米田的羞怯和惊慌

13

回不去了
当我握紧米粉架
对着苍天狂啸
回答我的是
荒山的凋敝疯长的野草
以枯河残损的手掌
狠狠甩来无情的耳光

14

回不去了

那操场上空起伏不定的纸飞机

载着恩师们恳切的话语

和响亮的课间钟

将轻轻走到窗前的烛光

逐一扑灭

留下破旧的成绩单

背诵现实残酷的训示

15

是该清醒还是迷惘

是该抽刀断水

还是该汲水柔肠

每一口故乡的深井

都是梦境深处的清泪一滴

每一句幼年的斥责

破开皲裂的土壤

16

梦以梦吻我

以博尔赫斯金黄的老虎

趴上我的颈脖

用巨灵的名义执笔

饱蘸露珠

挥霍毫不留情的月光

和山口处时隐时现的电闪雷鸣

轰隆隆隆

轰隆隆隆隆隆

轰隆隆隆隆隆隆隆……

2021 年 2 月 7 日

炊　烟

沿着炊烟一直跑，一直跑

几声雄鸡的啼鸣

绊住我飞奔在

沙土中的顽皮足茧

呵，自由自在的乡村王国

白蝴蝶停在肩头，小伙伴正躲

草垛捉迷藏，几粒玻璃弹珠

刚刚溜进挖好的土坑

醇厚的薯香从家里的烟囱飘来——

是的，仿佛阿嬷正在炒菜

我端坐灶口烧火

噼啪作响的火焰声

突然呛出的浓烟

让我在梦中一阵阵鼻酸

2023 年 3 月 22 日晚

河上飘着蒲公英

风解散了岸边的蒲公英

你喊我，带上溪水的镰刀

去收割八月的繁星

妻子，吾爱

你还没为我备好快马

我怎忍心将星空刈碎

收进我的背篓？

呵，天色已暗，苍穹下

火光安慰了沉默的黄昏

我们紧紧拥抱在一起

像刚刚穿越了一场风暴——

那逝去的已逝去，来者如何追？

唯有小心翼翼地

捧着颤抖的心

才能扶住这摇摇欲坠的火焰

2021 年 1 月 14 日

与石头对话

——记中国石雕艺术大师刘国文

这不是一块冰冷的石头

从艺三十余年，在他手上

一锤一钻的敲击

就像在原石上弹钢琴

随着碎石飞溅

他心中的图腾

步步往石头内核推开

"这不是可以一蹴而就的"

一身青灰就是一场修行，他暗自私语

凭着几十年的嗅觉，抚摸石材的高低起伏

在汗雨中找寻泉州白的灵魂——

向深处掘进，掘进

再掘进

一腔温热注入

脑海罅隙

抓取黑暗中的星辰

当他再次举起石锤

看呐，一道闪电轰然劈开了

通向古老南派石雕技艺的窄门

一个个

咬牙扛石的惠安女

在他的刻刀下

穿过漫天飞舞的狂沙

2023 年 4 月 24 日

一个苏塘村石匠的独白

我的石狮子
听到铁锤声了吗
朝方正的青石块
看，我要用毛笔画出轮廓
雕刻你雄壮的身段
手上的铁錾子，凹凸不平的银色齿痕
那是我们厮守的证据啊
不留一寸多余部分
更要悉心地镂出
你活在世上的英雄气

哦，石狮子
你还认得我满面的青灰吗
看你即将被点染的眼睛
是否记得一起患难的日夜？
乌石山的月光
晒干青春的眼泪
苏塘溪不再清澈的河水
彻夜清洗长满老茧的双手
我好想用力再锤下去，把生活的困苦锤下去
把家庭重担锤下去

把额头上浑浊的汗珠锤下去
是的，我奋力击打，不仅要借你的石坯
抬高我日益佝偻的身躯和尘肺的呼吸
还要在金斑鱼跃过孩子的下课钟前
雕出你嘴里叼着的圆球，刻下
几缕天上的祥云
成为你骨骼中的闪电

2023 年 1 月 2 日

影　雕

时间缠绕那只纤弱的手指
持一把钢凿钎
在山西黑的画布上涂抹
世界的色彩
风吹过
一切都安静了
光影微微晃动
水银般注入星空

她身着惠女服饰
手上银镯和腰间配饰的银腰带
随着针脚的疏密，齐齐叩出静象的蹩响
在虚实之间，明与暗的博弈
扯紧屏住呼吸的腕力
隐约一声尖叫，从石板冰冷的身体喊出
脱胎换骨的狂喜——

冥冥之中，上苍选择了红砖厝
二楼回廊上的黄昏
把针黑白的衣钵传给
这位坚忍女性

窗外是汹涌的西沙湾

有几只渔船

正沿她刻镂的汪洋

径直俯冲而来

溅起一滴孤独的宝石蓝

2023 年 4 月 26 日

星空下的手指

父亲，当人们说起你的九个半手指
我试着相信
那碗填充肚皮的薯渣糊
吞咽贫穷岁月的艰难
他们说，你拉板车，载电线杆闯山坡
要和乡亲点亮 80 年代的苏塘村
而你矮小的身板
是如何撬动一根根
通天般的水泥柱？

父亲，我出生三月还未睁眼的父亲
穿梭泥泞山路
半生如此清晰地
退回岩峰下的琅琅书声
就像弯曲的教鞭退回讲台，半截粉笔
退回掌心，一手抄下的唐诗
退回幼子诵读的口中，清脆的下课钟
反复响起

晨烟下，大山里，龙眼树前
五六点钟爬起的飞奔身影

像一道执着的闪电
划过象棋盘永恒的睿智和坚忍慈爱

哦，父亲，只有九个半手指的父亲
生活带来诸多不幸
却从未落泪
幼年梦中，你抱我
飞过凶险的河流
这个梦寓示着什么？

如果苦难重创了你
我相信，你被夺去的半个指头
指向了天空中
永不凋谢的星光

2023 年 1 月 2 日深夜

母　亲

深夜听见母亲咳嗽

如丙申年的鞭炮烟火

交替蔓延

母亲的腰痛关节炎又犯了

大好的春节

她还是忙忙忙

像埋头犁田的耕牛

播种春夏，收获秋冬

不向苦难低头——

她只是轻咬头巾，取一片白云

妆抹岁月风霜

母亲渐渐衰老

我多想擦去她脸上的皱纹

连同她忍痛不语的眼神

2016 年 2 月 8 日凌晨

温　暖

外公出远门的时候
都要在外婆遗像前燃一炷香
与亡妻作深切的告别
他闭眼倾诉的时候
一只荆棘鸟停在门前的刺桐树上
静默地聆听
像是读懂了微微阖动的唇语
忽然之间
院子里的炮仗花也开了
金色光线洒向人间
熨平了我心中的潮汐

2018 年 12 月 10 日

西湖笔记

你看那西湖的小鱼群
轻易游进了诗的第二行
为蛙声腾出静谧，为小船
编织漾动的霓霞。夜已良深
清风的第九章，在拱桥处停止翻动
哦，原来是扶桑焊住了栈道
那朴素的红，和暗放的喧嚣
正如乐音里飞扬的芦笛
压低了璀璨星空
我有什么理由不漫步这里
让成片鱼群游进我诗的断章
我有什么理由不歌唱，当夏虫吮吸了
你眼里闪动的柔光

2020 年 8 月 12 日

致我的孩子

苹果已洗净放在桌上

你清澈的眼眸

流淌着一条璀璨的银河

闪烁皎洁的光晕

我们一起在图书馆看书

听册页沙沙作响

吹起那片枫叶

看，孩子

你又摘到了

属于你的金黄

就像梵高创造了他的向日葵

黑夜厮守夜莺的歌声

如果你也有那样一个星球

每天给多刺的玫瑰浇水

我相信你也能找到那些国王

看蛇是如何轻易地

吞掉一只大象

看你王子般自信的彩色笔

准备点亮哪一颗

寂寞的星

2023 年 6 月 16 日

洛阳桥

洛阳江退去心中的火焰

赠一片滩涂

无助、失意、空茫

锁进螃蟹的千万洞穴

一支支红树林毛笔，饱蘸蔡襄公的豪气

以刺桐城的惊涛为墨

涂浓往事——

幼时，我从这经过

看母亲一手刀工

蔗皮如雪花纷飞

填饱一家五口的生计

那粗壮的甘蔗，压弯了母亲的脊梁

我端坐台阶

搂住了音像店的痛哭失声

稚嫩的手，独挡烈焰般的太阳

只盼给健步如飞的母亲

布下十万火急的荫凉

2019 年 12 月 21 日

跳火堆

熊熊燃烧的柴火堆
父亲总在除夕夜
让幼年的我和哥哥跳跃

跳过了这堆火焰
仿佛年轮跨过
跃离重重灾难

外焰时而蹿起
像是漫长旅途中
惊险的伏笔

一阵尖叫后，我们还是一直跳
一直跳，使出浑身气力
飞向火光

直到火堆收住脾性
把腾空而起的脚步声
溶解在璀璨熠熠的星光

2022 年 3 月 14 日

在林间

一地柔软的松针
铺在小岞林场
静谧空间，树影溢出鸟鸣
微风中晃动

是你在唤我吗
前世的哀婉诉说
把我们引向林间空地

四处茫茫无人
只有大海在传颂
一群肤色黢黑的惠安女
剥开手茧
取出陈年的风沙

看啊，七里湖畔
拔地而起的木麻黄
正用一双双温柔的手
擦拭她们
漾动的皱纹，和涌出的热泪

2021 年 4 月 17 日

惠安女

在惠安世纪大道
遇几名女工，坐草地吃盒饭
我的泪水刷地流下来——
她们可能是
我的奶奶、外婆、母亲、阿姨、堂姐……
皮肤黝黑，指茧生风
一双筷子夹起一顿谈笑
不时擦去
烈日泼在脸颊上的盐

她们生来柔弱
为何，一根扁担，两顶黄斗笠
须扛下石头三百斤？

风中，我把车载音响越放越大
越放越大
试图把她们的笑声掩盖
直到，草地的身影越缩越小
越缩越小
止住车内的滂沱大雨

2021 年 5 月 5 日

余 甘

当我写下这个名词
一股酸苦从味蕾迸发出
咀嚼后的清甜

是的，它的肌体或光滑
或粗糙地结满山顶的树上
顽强的生命力
足以抵抗一整个寒冬
时常，在清明踏青时节
我们从山路扫墓经过
都会见淡绿的小圆果可人地
摇曳枝头拨弄春风
你只有经历它的苦
才能吞咽九死一生的甜——
这被恩赐为圣果的"皇帝甘"
就这样遍植惠安的山野

每当夜深人静
想到它们在儿时归来的山坡
等候我和伙伴们采摘，填满
一件件嵌满补丁的衣兜
那股童年馨香，分泌出的

放声欢笑

便久久凝进

不能自已的婆娑泪光

2023 年 4 月 6 日

梦萦上下杭

晚风吹皱星安河，酒杯

摇晃着夜色

一支乐队的鼓点

冰镇了河畔的美人蕉

"人不能两次踏进同一条河流"

但那沧桑的歌声

却一再令耳朵受孕

我进入了那鼓点

激越闽江津口的昔日雄风：

船只争相竞发

满仓的货物，锁住船工的背脊

他弯曲的肩胛骨，变成家道中兴的星安桥

而连绵的哭声笑声喊声叫卖声

就是星光的倒影

此刻，人潮汹涌

我的妻儿欢快地走在前面

一根缆绳，收住了舢板向海的心

2019 年 7 月 14 日

什么可以称作白

青苔是流水的弃婴

在暗处,借白鲢鱼的银光抬高

九座山峰命名的村庄

我们跃入小潭

踩碎天末的虹影

呵,那飞瀑

掀起泪滴千万

朝命中的大河而去

归途我发现,孩子

唯有你的纯真

才配得上

这汹涌不息的白

2020 年 4 月 25 日

路的幸福

那天中午放学的乌山西路
看八十几岁高龄的老夫妇
颤巍牵手走过
顿时有什么东西模糊了视线

下午的工业路口
见一老妇三代同行
笑脸溢满羊蹄甲
一股什么东西袭击了左心房

携妻儿在夜的通湖路
前往三坊七巷
吃一盅佛跳墙
最后一口汤喝完
味蕾久久咀嚼着什么东西

无数个清晨的杨桥路，载儿子
人教版一年级语文的朗读声
吞咽金誉面包和特仑苏
一边望秒针紧张旋转
一边目送儿子走向校园的背影

暗自把什么东西捂热在心底

2023 年 4 月 9 日

儿子，我想对你说

——写给儿子郑信钧

儿子

爸爸每晚临睡前对你说

"爸爸永远疼你爱你"

不知你长大了是否还会记得

爸爸每天坚持的话

儿子

爸爸要珍惜现在

与你同床共眠的日子

等你长大

你将成为一个男子汉

那时你的身手愈加雄壮矫健

渐渐超过爸爸的步伐

等我老了走不动了

爸爸依然把你当作兄弟

好好抱抱你

看你成为一只雄鹰

翱翔在无垠的蓝天

爸爸将为你感到骄傲

无论岁月如何流逝

黄土怎样深埋枯骨

我们父子在一起的欢笑

永远都不会落幕

2019 年 1 月 27 日

如何猜透他深邃的双眼

——致年微漾兄弟

蓝色牛仔衣抬起相机

像草原上仗剑的侠客，咔嚓一声

锁住端坐愉村半舍民宿草坪上

那位清瘦的年轻诗人的笑容

他眺望着什么

茫茫的蓝色大海

是否听得懂他体内的涛声

白色海鸥从头顶滑行

像一首诗里惊艳的破折号

引我们品尝

云层与群山失之交臂的错愕

酒后的微醉、恍惚与迷散

这些猜不透的谜题

阳光下的蹦床都替我们解答了

你看那游戏其中的男孩

蹦得多忘情

几乎要掰断天边那朵

沉默不语的云

2023 年 7 月 13 日

溪滨辞

春风弹破了
林辋溪的皱纹
八月十六，把玉盘的头颅
强行摁在水中
巨榕闭上眼，轻展翼翅
扇灭一团萤火

手持书卷
越过坝基。有一只月的眼睛
看古人，也看今人，抡起石块
打出一圈又一圈的水漂
随众人的惊呼声
戛然而止，陷入刚合上的
书中暗伏的迷局

2019 年 9 月 14 日

瑞芳鱼卷

白月光倾泻

满仓渔获

他自小随母亲学的手艺

十余年后捧着星火，闪亮出场

马鲛鱼、五花肉、荸荠、鸭蛋蛋清、葱头

构成金字招牌的秘诀

一手熟练刀功，剔骨去皮

再使出精准力道，撒上地瓜粉

反复揉捏搅碎的鱼蓉

就像在推拿一片汪洋的背脊

一个时辰后

鲜弹的鱼肉制成长条

送进蒸笼的密室

仿佛岩浆剧烈上升，即将喷出地壳

成了，成了！

千百次触礁后的灼灼匠心

刻入惠安鱼卷的商标——

钱瑞芳，倾一生只从一事

把大海的深情还给舌尖

疗愈人间的苦

2023 年 4 月 13 日

回故乡

黄昏是轮回的信使
捎来夕晖
雕饰葱郁的山峦
大巴在沈海高速划桨
眼眶有条河流
哺育失血的村庄

天色渐渐黯淡
唯有摩天高楼与郊野拔河
争夺钢筋丛林
迷失自我的人类

呵，巍峨的远山
雄伟地矗立
刺穿了四野的荒芜和寂寥
像布达拉宫般
在我枯萎的心房
轰开柔光万丈

2019 年 9 月 12 日

珍珠项链

黑夜将我包裹
让我不得不活成一颗珍珠
等待出蚌的那一天
串进玫瑰金项链
永悬爱人的胸前

2018 年 10 月 31 日

漫 步

蝉鸣歌颂盛夏

一树交响乐，接受幼童的指挥

他伸出稚嫩的手指，试图抓住

阳光筛漏的满地婆娑

风那么轻

篮球场投出一只蝴蝶

扑朔童年的跳绳

目送少年的单车疾驰远方

七月的滨江国际小区

老人们在木椅上谈论绿的颜色

等待翠芦莉的开放

晨练的风默诵露珠的经文

思考的人吸纳了大地的雄心

2019 年 7 月 7 日

梦醒时分

儿子跑丢了

碰到他同学郭铭宇

找一老者借纸皮留电话

估计是太紧张

每一遍号码都不听使唤

红色笔，颤抖的手，醒目的错

好想在幼儿园门口

对儿子说一百遍对不起

爸爸再也不放你一人跑书店

再也不让你找不到爸爸了

挣扎起来

身旁的小屁孩正呼呼大睡

摆出销魂的睡姿

2021 年 10 月 7 日

县前直街 36 号

—— 致我的母校漳州师范学院

荷花池畔，是谁在弹唱

十七岁的迷惘

风雨跑道，是谁借落日的手

递来接力棒

那么美好的星夜

我们躲在达理公寓

划拳喝酒，吹牛调侃，笑声淹没了蛙鸣

任九龙江日夜流淌

淌过我们的牛仔裤白衬衫

一腔热血传唱——

中文系篮球联赛，女同学们的口号震天

我们过五关斩六将

两次与总冠军失之交臂

耿耿于怀的遗憾就像青涩时代

痛哭流涕的失恋

课堂上，绰号大爷的舍友酣然入梦

留下古代文学现代文学音韵学外国文学

在我们胃里翻江倒海，柯同学口若悬河

大教室举手，与老教授滔滔对答

身旁的黑鬼咧起嘴

白色牙齿，吸引了女同学深情回眸

那个来自建瓯的山本，哼起流行歌曲

瞬间褪去满脸痘痕

一口莆田腔的方块，把下课铃塞进背包

骑着带杠自行车，就像跨上赤兔马

冲回宿舍，躲闪沙县小伙

有模有样的双节棍

点一首五角星的吉他独奏，随汉景同学

指点江山，饱览楼下的花季雨季

他从睡梦中奋起，聆听 CC 夜半播放的

大学英语四级听力磁带，顺便欣赏

伟哥幽默出眼泪的主持

在贝多芬失效的夏夜，拿一把扇子

打爆电话卡

四海搜寻求爱妙方

……

"江山留胜迹，我辈复登临"

母校呵，游子已归来

再让我看一眼弦歌书店

再让我去一趟府文庙、南山寺、林语堂故居

再让我抚摸一次圆山的落日

再让我饮一口九龙江的大气磅礴

再让我抱一抱兄弟们的身躯

再让我挥动一次芙蓉楼上的麦克风

再让我高诵一次顾城的《生命幻想曲》

再让我聆听一次老师们动情的演讲

再让我独自走在寒星注视下的钻石广场

再让我为你们弹奏心爱的破吉他

……

母校

亲爱的母校

韶华易逝

青春的呼吸不止

每一声从灵魂发出的震颤

都有一句关于您的爱的赞颂！

2019 年 8 月 5 日凌晨

清　明

农妇在田间插秧

渔翁收起晨网

山川寂寥，原野空茫

安寞的小坟茔，覆着崭新的纸钱

这是杜牧典当的清明，企图统治

大地腹内郁结的暗疾

野鸟啼鸣，鞭炮四溅，击落了

水面上浮动的旧颜

无言的相思林

吐出一缕缕呛鼻的灰烟

游荡在荒冢罅隙

一个少年骷髅从陶罐中起身

指了指杏花村的方向

2020 年 4 月 5 日

望孤山

在爷爷墓前
鸟鸣声声，将青山喊老
我跪在潮湿的地上拜九拜
替儿子也拜了九拜
爷爷在我出世隔年就仙逝
这是我一生的遗憾
就像火焰燃烧后的金纸灰
在四月的风中飘摇，那么伶仃
我放了南音《三千两金》给他听
如泣如诉
仿佛一部老电影正在播放
画面中
一个失去爷爷的孙子
独自在坟前与亡灵诉说心事，讲述
在人间挣扎的苦楚
忽然间，焚土的草堆烧了起来
袅袅直上的青烟
以天空为宣纸
翻江倒海般挥就清明的哀思
直到墨汁随火星湮灭

2023 年 4 月 1 日

湖泊之吻

7 岁就在湖里游弋

和十几个小伙伴嬉戏

钻入深底，泥泞中触摸

几近窒息的惊心动魄

吐出一口男儿气泡

也常和你比拼

在湖岸纵情一跃

这一跃

整整分离了二十年

再也没有彼此的亲吻

却怀念那清澈水滴

2015 年 11 月 28 日

骑一条河去看你

我想骑一条河流去看你
当风突然吹起，告诉我秋天
已爬上窗台
还有门前炮仗花
依然安抚梳妆台
缠绕那把头梳
吞噬旧年的黑色齿痕

水桶咕咚一声砸进深井——
背带捆紧幼年的我，弯腰洒下
一粒粒花生的弧线
年年长出新绿
从贫瘠土壤钻出无尽的思念

老屋葡萄藤下，笑容如花
悄悄往小口袋揣入两百元
让我一直回味童年赤脚的寒冬
外婆，我想骑一条河流去看
你满面皱纹漾出的曦光
就像在后郭村口
你一遍遍大声唤我的乳名

喊我回家吃饭

2023 年 9 月 9 日

第四辑　抿雪于途

艾溪湖的黄昏

在艾溪湖湿地森林公园
一只大雁夺走想象
此起彼伏的鸦鸣虫奏
扯紧了晚霞熏红的天幕
森林的密处
渗出一丛丛紫薇
你一伸手
搂住了微风不可言说的身世
这静谧的湖面
就是你轻抚的黑白键
挪动万重山

2022 年 8 月 26 日

霞浦，我要霸占你的夜

磁性的低嗓回响在

霞浦帝景假日酒店 632 房间

你慵懒地端起白色瓷杯

舀一勺窗外的海煮开

冲泡咖啡

稿纸上的字迹是那样潦草

像太康路鼎沸的海鲜大排档

目瞪了我的口呆

这咖啡没有糖该怎么喝

室友张期达

来自台湾桃园的兄弟

夜的十一点，指向了他的呼噜声

我使劲地跳入自己苍白的诗行

删掉技法中

无处遁形的直白与荒谬

当我再抬眼

时针定格在凌晨四点三十九分

哦，从未发觉，如此苍凉的

夜啊

2023 年 7 月 13 日

乌镇遇雪

乌镇

断肠人在天涯

你用遍野的新雪迎我

覆盖住汹涌的孤独

一遍遍

雪在脚下流泪

试图舐舐心伤

出租车窗前

一个异乡人用力地眺望，眺望

2018 年 2 月 2 日

山 行

披薄雾上山

黎明微凉

早安，农人把木柴

送进灶膛

噼里啪啦的火焰

将袅袅的炊烟

举过尚卿乡的头顶

布谷飞来

捂着白蔷薇的耳朵私语

它玲珑的花瓣

佩饰昨夜的露珠

像少女的裙摆

拯救了内心漫长的荒芜

2018 年 5 月 8 日

赤壁飞瀑

纵身一跃

几十米的冲撞

只为赶赴一场私会

那豁开的崖口有尖利的石刃

沿途暗伏命运的撕扯

飞流而下的巨响

轰鸣耳畔

站在风中的绝壁上

我隐约感到一阵粉身碎骨的痛

2017 年 7 月 23 日

水火之恋

四面水帘

齐齐坠入爱河

朝心中的火焰

喷涌而去

借那浩荡激越的旋风

火越燃越欢

水与火的交融

映着天上的孤星

迷倒了世人

在暗夜的初秋时分

火光拥起猛烈的水花

凝固刹那芳菲

是的，还有什么不能放下？

当它们彼此绽放

爱着对方的疼痛与荣光

千万朵玫瑰紧攥了尘世的永夜

2019 年 11 月 7 日

竹林风

蛛网绷住了河面

任潺潺溪流也冲不破

在木坑竹林

有蝉鸣和着溪水淙淙的琴声

交替蝶变夏的绮丽

行至半山，有老农清扫台阶

像陶渊明守拙南山

百鸟开始啼鸣

此刻深山的落差

在瞬间完成抒情的一击

孩儿一口气冲刺绿顶

在一个名叫好汉坡的地方

完成了一首诗的结尾

2019 年 7 月 20 日

玉龙雪山

玉龙潜在神山已千年
吐出雨雾蒙蒙
我想把禁锢血液的梦唤醒
却喊白了蓝月谷淙淙河流
飞瀑在黄石上弹琴，四溅的水花
织就头顶的皇冠

一步步，随缆车攀缘而上
没有猿啼回荡空中
只有大自然的鬼斧劈下神工——
冰川在消退，热泪结成晶
一个个词把我围困：
纯净、清鲜、深邃、苍凉
仍想发出逆流成河的叫喊
把鹅毛大雪召回，重重披覆身上
站在 4680 米的峰巅
纳西三多神抢走我的氧气瓶
布下雄光万丈
隐约听到一声——
"就是要美得让你们缺氧"

2018 年 5 月 8 日

洱海，我的空谷幽兰

云朵在苍山休憩

轮船卷起浪花

白黑黄相间

灌装心灵琥珀

白鹭飞过

将无限苍茫还给粼粼水波

交织在山下的白色屋群

静默聆听马达的呜呜

此刻

我把自己交给洱海

采几朵白云赠予苍山

极目无限幽蓝

2017 年 8 月 10 日

远眺泸沽湖

群山驮着白云过滇
松柏树的思念今天是绿色的
轻摆枝干，尖锥般的果实
隐藏琥珀记忆
那就让我随手丢一颗吧
荡开泸沽湖的涟漪
让一片片水草
随轻盈的心摇晃
无限梦幻

2017 年 8 月 14 日

石门湖放牧曲

静息在石门湖的船头

虫鸣弹奏着涟漪

敦促清风快递员，准时遣出信鸽

只有简短的三句——

见字如面，今又盛夏

白云捆住天空蓝

我近况安好，有横笛一支

放牧鱼群三千

结尾处，湖涛击掌

日月盖下诀别的私章

望君珍重，待我还乡

2019 年 7 月 5 日

夜的残曲

夜深了
静听随心翻唱的片段
竟是一种放逐和疗愈
城市中若隐若现的光
那样遥不可及

在黑暗里不停挣扎
仿佛破茧成蝶
海浪敲打着礁石的键盘
给黎明写一封回信：
永夜漫漫，锁住寒星

2019 年 12 月 1 日

伤别赋

幸福搭配悲伤
窗外是汹涌的海风
黑夜的旋涡把孤独撕得粉碎
谁在浪尖抛弃了自己

仰望星辰的孤儿
衣衫褴褛是你的名词
血沫横飞是飘逸的动词
在冰冷海滩上抽泣的
是命运的语气词
不停地行走,双脚已渗出鲜血
声嘶力竭地哭喊
唤不醒最初的叹词

哦,踽踽前行的孤儿
是什么让你追风逐浪
是什么让你浪迹天涯
浩瀚无垠的星球
容不下小小的祈望
当你抬起微微颤抖的无名指
用发白的双唇吐出

孤星暗悬的虚词

大地彻底沉沦

眼看为心脏搭桥的介词

骑上飞奔的野马

伸出喑哑无声的形容词

别与伤再次连词

2019 年 11 月 28 日

雪

雪压住了雪

浊黑的大地

白得一往情深

雪交出利刃

收割荒野

思念从此寸草不生

雪滂沱了眼眶

遮蔽青衫之痛

在西泠桥畔索要

苏小小的遗梦

2018 年 12 月 31 日

月的词沼

月沼的鱼群游弋水中

天空浸泡在碧潭

任水草擦亮白云

老者打捞空中之蓝

只获得几片绿藻

游人抱起湖泊的笑痕

那是汪氏宗祠六百年前的皱纹

一栋栋徽派屋宇

向你诉说往昔

只见鸟雀的泥爪

在山水间涂绘不朽的年轮

"花开则落，月盈则亏"

导游的解说词落在蜻蜓的羽翼

飞向一遍遍慕名而来的新人

2019 年 7 月 22 日

馥馨楼的仰望

龟裂的墙体

扶着我走

馥馨楼，今夜我要醉倒在你的酒仓

山川蜿蜒

灰色的瓦片

击退了一千两百多年的风霜

仿佛勇士的盔甲

容纳了细沙、石灰、糯米饭、红糖、竹片……

防火防震防兽，坚不可摧

你是老了，瘦了

可我触到了你怀中的体香

还有千年前中原祖先的高蹈吟唱

快去招呼振成、承启、永隆昌来喝酒吧

无论它们现在多么辉煌

那都不及你的目光

深邃苍凉

2017 年 8 月 19 日

南宋御街

燕子停在杭州河坊街 116 号
锁住回春堂的屋脊
春风雕刻垂柳
银匠铺的锤子，卖力地
建筑马可·波罗的天城
"叮当，叮当……"
轻轻一下
就把流年敲碎
人群中，只有他看见
一团远天的火烧云
孤独在燃烧

2018 年 6 月 13 日

天坛回音

记得那天黄昏

我拿着书从天坛走过

几只乌鸦盘旋在祈年殿上空

一声声"哇……"

砸向六百多年前的明朝

它们扑得越欢，殿门就锁得越紧

它们叫得越凄厉

盛大的广场越发露出

黯然的神色

哦，是谁在昼夜聆听

它们五音不全的演奏

身旁的侧柏伸出手

捂住了整个华北平原的耳朵

2021 年 5 月 11 日

文笔峰

晚灯初醒
电塔如武士
托举天幕的镰刀

文笔峰高昂头颅
指挥山顶呼啸的雄风
野鸟的啁啾作和声
蟋蟀和栀子花当观众

有人在呐喊
只有石塔不语
它张口，吞咽了日升月落
翻江倒海的壮志
松涛替它诉说
万家灯火替它诉说——
一个箭步
闯入塔心，又迅疾抽离
是的
生怕它因我而
如鲠在喉

2021 年 5 月 15 日

九曲溪

九曲溪的红眼鱼

把大王峰拖入流泪的心底

孩子们掏出五颜六色的水枪

笑声射向天空

五月的热浪就这样消散在

鱼鳞般的波纹

他们丝毫不知

远处漂行的竹筏，那撑竿的硬汉

正护送玉女

向银河奋力划去

一首蜿蜒十五华里的哀歌

即将分割两座山峰

哗啦啦

哗啦啦啦……

2023 年 5 月 3 日

在井下村

领着妻儿
目送白鹭贴溪面飞远
水流抚摸坝基
弹奏夏日黄昏的清凉
几块裸露的石头
沉默如珍珠

云雾遮住青山
电线投影，将水面切分为二
我们还会再来吗？
回想站在岸边
已是前年的秋天

哦，老树，我问你
"当年知青们在此
思念久违的亲人？"你无声
"带我飞奔远天的仙境吧？"你依然不语
白鹭再次掠过
留取手中的茉莉花香

2019 年 8 月 17 日

西湖颂

小船划过西湖的喧嚣
流动的波纹像六线谱
粉饰金色的图层
就让鱼儿轻咬一口吧
你这迷人的夜色

昂首伫立的柠檬桉
像是读懂了湖水的暗语
坚贞的依偎
就是最罗曼蒂克的抒情

亮吧，亮吧
耀眼的下弦月
前世璀璨的余光
吻到星空下的手指

2018 年 8 月 21 日

相约太阳岛

花喜鹊在前方引路
芦苇荡环绕身旁
蔓延一夏青绿
清风，白云，鸟鸣
唤醒了久违的自然之亲
蒲草葳蕤，浮萍涌动
拂去湿地的辽阔孤独

跨过月亮桥
我们挥别了太阳岛
收获满心清凉
只见日月同悬左右
那或是神在冥冥中指引方向

2018 年 7 月 22 日

过赣湘边境

云还是一样的云
我的祖国幅员辽阔
包容群山绵延相爱
阡陌交错
阔叶林交出内心的积雪
就像绿叶交出祖先的笛音，就像火车
交出窗前掠过的白头鹤
它衔起一条清溪
猛地消失在深蓝的尽头

2017 年 8 月 6 日

建盏之光

从胚胎到滴釉
再到一千三百度的淬炼
你在烈火中曜变
历经多少次凤凰涅槃
啊，生来柔弱
苦难的身躯
喊出窑洞外众人的惊叹

你从晚唐走来
沾着士子们斗茶的香气——
建窑仍有躯壳残片
那黑瓷的黑碰撞釉彩的丽
舞动兔毫、鹧鸪、油滴的斑斓身姿
无论是撇口束口敛口敞口
都是一次次梦的飞升
剑胆琴心的匠气
在斑驳苍凉的史册
浸透太极的世界

于是我们燃起柴火，敬拜窑神
任熊熊的火光

照彻建盏千年不灭的瑰丽

那火光淹没龙窑中拾级而上的青烟

也吞没了熙攘川流的卑微人生

2019 年 8 月 23 日

乐峰赤壁抒怀

清流东去

乱石横陈

一夏的蝉鸣

随急湍吟诵

碧潭澄澈

承载几个世纪的悲欢

飞瀑直下

耳边滔滔不绝

屹立绝壁

享林丛静谧

山啊，水啊

宽厚包容的智者仁者

赐我挚爱的光阴

洗涤一身尘垢

2017 年 7 月 23 日

滇西之歌

苍茫的滇西高原，随喷薄的日出
剪开蜿蜒的激流——
当我飞升连绵的峰峦之上
胸腔内一万朵白云
倾成磅礴巨浪
覆灭了八百多个昼夜的思念

哦，汹涌的澜沧江
绵长声带
打湿了多少次梦境
我正不断地失重
划向雄浑水面
待闪电腾空而来
黑夜里将有一声狂啸
那是我化作雄鹰，逡巡在
你高蹈的趾尖

2019 年 11 月 8 日

新疆 S101 公路行吟

五彩的丹霞地貌

烫熨千年沧桑

稀疏的荒草

钉住太阳的恩宠

山脊使出十八般武艺

赭红、淡绿、暗灰、土黄轮番上阵

以交错纵横的钩嵌

赞美电线分割的苍天

我们一群人

在巴士的包裹下

像一只巨鹰俯冲

此时，群山万壑与狭窄的河流

向着远方吼出铁的速度

峥嵘的岩角，露出风蚀后的骆驼峰

统治天山下的原野

青筋爆裂——

你的骨骼是铁灵魂是铁手掌也是铁

当我们盘旋到水穷处

几只牛在陡峭的山坡上吃草

它们健硕的身体

或许已啃到了亡灵的心脏

2023 年 10 月 10 日

水　关

戚继光打马走过

按住悲凉的夜色

水关，任由戚家枪攻守合一

斩断野太刀，摆出鸳鸯阵

不让泪水决堤

来，抬出试酒井

壮我铿锵男儿的英雄气

就着渔民的鸡公碗

盛一盅大海的咸涩和精酿的琥珀光

哭声喊声火声炮声杯残狼藉声

包围崇武古城

残存的炮洞

宛如墙体上哀号的字句

2.1 米高，1.3 米宽——

你已承受了难以言尽的凶恶

却还忍着刀伤

像吐出洪流

分泌绵薄的星光

2020 年 9 月 14 日

过檀林岩

沿金谷镇的山路盘桓

一只蝴蝶闯入镜头

试图为我遮挡

尘世的污浊

迈向正殿

唐朝的千手观音

解下凡心千千结

看呐，不停撞向钟杵的梵钟

用不屈的头颅

向世人劝说些什么？

2018 年 5 月 2 日

西禅寺

佛塔指向天空
人心低到尘埃
一声声风在塔松的簌响
都是佛在低语

檐角的苍龙
拖着金黄瓦片
奋力飞升
环绕回廊上顺时针的人流
力之舞不停旋转
如祷词翕动

阴天的食指
蘸一口工业路羊蹄甲的火
烧掉三千愁

2023 年 10 月 21 日

郊尾仙公寺

你看这白瀑潺潺

决绝地扑腾而下

多像仙翁

在石壁上挥洒一笔篆隶

伴着不绝于耳的清响

山岭间，阳光普照万物

草木如此苍翠

走出波澜壮阔的急行军

黑压压的蜂群，以野性伟力

在山谷狂舞

合奏五月的浪漫曲

当我们仰望仙公寺

一只栏杆上的野蚂蚁

悄悄地走进了

我诗的最后一行

2023 年 5 月 1 日

图书在版编目（CIP）数据

当我再次写到大雨滂沱 / 郑泽鸿著. —— 武汉 ：长
江文艺出版社，2024.6
（第 39 届青春诗会诗丛）
ISBN 978-7-5702-3461-5

Ⅰ.①当… Ⅱ.①郑… Ⅲ.①诗集－中国—当代
Ⅳ.①I227

中国国家版本馆 CIP 数据核字(2024)第 006007 号

当我再次写到大雨滂沱
DANG WO ZAICI XIEDAO DAYUPANGTUO

特约编辑：丁　鹏

责任编辑：王成晨　　　　　　　　　　责任校对：毛季慧

封面设计：璞　闻　　　　　　　　　　责任印制：邱　莉　　王光兴

出版：长江出版传媒 长江文艺出版社

地址：武汉市雄楚大街 268 号　　　　邮编：430070

发行：长江文艺出版社

http://www.cjlap.com

印刷：湖北恒泰印务有限公司

开本：880 毫米×1230 毫米　　　1/32　　　印张：5.75

版次：2024 年 6 月第 1 版　　　　　2024 年 6 月第 1 次印刷

字数：3446 行

定价：52.00 元